Meadows

Die Straße der H-Milch-Tüten

Dieses Buch wurde digital nach dem
neuen „book on demand"
Verfahren gedruckt.

Gedruckt in der Europäischen Union
auf umweltfreundlichem, chlor- und
säurefrei gebleichtem Papier.

Für den Inhalt und die Korrektur
zeichnet der Autor verantwortlich.

© 2020 united p. c. Verlag

ISBN 978-3-7103-4407-7
Umschlag- und Innenabbildungen:
Meadows
Umschlaggestaltung, Layout & Satz:
united p. c. Verlag

Die von der Autorin zur Verfügung
gestellten Abbildungen wurden in der
bestmöglichen Qualität gedruckt.

www.united-pc.eu

KEINE H-MILCH FÜR JULIE UND KEIN SCHWEIN WACHZUKRIEGEN

Na schön. Jetzt hatten sie also die Tapete säuberlich von der Wand gefetzt. Denn das hatten sie sich geschworen: Am nächsten Sonntagmorgen, wenn wieder mal gemütlich ausgeschlafen werden muss und keiner sich drum kümmert, dass ihnen vor lauter Langeweile die Nasen abfallen und die Fersen Sprünge kriegen, am nächsten Sonntag, der wieder so ein Stinksonntag ist, da ist die Wohnzimmertapete dran, unweigerlich, da kommt die runter. Genauso ein Stinksonntag war heute. Am letzten Sonntag, an dem sie sich so elend gelangweilt hatten, da haben sie die Tapete in der Küche runtergeholt. Weil es doch wahnsinnig ungerecht ist, dass keiner sich um sie kümmert und aufpasst, womit sich vier praktisch elternlose Kinder am Sonntag die Zeit vertreiben. Vater und Mutter hatten entgeistert geschaut, als sie endlich ausgeschlafen hatten. Tatsächlich hatte das Tapetenherunterreißen auch heute Morgen einen netten Radau gemacht. Danach war Paddy im Wäscheschrank hochgeklettert, hatte dabei den Schrank umgeschmissen und wäre beinah plattgebügelt worden. Am Ende war Philip noch auf dem Drehstuhl ziemlich flott die Treppe hinuntergeritten. Bloß: Kein Schwein wurde wach davon. Kein Schimpfen, kein Meckern, kein Pieps aus dem Elternschlafzimmer. Sonntagmorgen und die schliefen wie die Steine. Dabei brauchte Julie unbedingt ihre warme Milch und Gianina fand im Kühlschrank keine. Gianina, das ist die Älteste, acht Jahre. Sie hat zwei große Schneidezähne, die sie rausstrecken kann wie ein Kaninchen, weswegen sie keine Zahnspange will. Philip ist sechs, ziemlich stark und hat keine Angst, vom 5-Meter-Turm zu springen. Er hat, genau genommen, vor gar nichts Angst. Nur die kleine Julie darf ihn hauen, da haut er nie zurück. Paddy ist vier, hat eine zerkratzte Brille und seine Freunde heißen alle „alter Pupser", oder so ähnlich. Und Julie ist zwei und braucht kaum noch Windeln. Nur warme H-Milch, die braucht sie immer.

Gianina rief die Geschwister in die Küche. Wo kriegt man an so einem Stinksonntagmorgen H-Milch für Julie her? Wenn kein Schwein hört, was für Krach die praktisch elternlosen Kinder machen, und gewisse Leute dabei wie die Steine schlafen? „Auf der Milchstraße gibt's H-Milch", schlug Philip vor.

„Milchstraße … oh oh!", machte Paddy. (Das erste „Oh" klingt bei ihm hoch und kurz, und wie durch die Nase geschnupft, und das zweite „Oh" kommt tief und lang, so irgendwie: „Oi-uouououououh").

„Wo ist die Milchstraße?"

„Wo die ist? Na draußen ist sie", sagte Philip, der natürlich keine Ahnung hatte. Er dachte nur, dass keiner so blöd sein würde, die Milchstraße Milchstraße zu nennen, wenn dort Kamillentee oder Mohnsemmeln wachsen. Irgendwo im Himmel würde sie halt hängen.

Philip ging raus in den Garten und guckte im grauen Morgenhimmel nach. Er fand die Milchstraße aber nicht. „Da oben ist sie." Gianina deutete auf einen unsichtbaren Punkt im Himmel über den Tannenbäumen, in denen die Vier ihr Baumhaus hatten. „Wir bräuchten ein Raumschiff oder sowas."

„Flaschel! Milch!", verlangte Julie deren Windel ziemlich tief herunterhing.

Aber wo kriegen vier praktisch elternlose Kinder an einem Sonntagmorgen, wenn wieder mal kein Schwein hört, ein Raumschiff her? „Flaschel! Milch" schimpfte Julie, und dabei sackte ihre Windel noch ein Stückchen tiefer.

„Julie will Milch", machte Paddy sich wichtig. Als hätte das irgendeiner noch nicht gemerkt.

„Wir nehmen Gummiringe und schießen uns hoch", erklärte Philip. Dicke rote Gummiringe gab's in der Küche Damit wurden die Zwetschgenmustöpfe zugemacht. Oma Giselas Zwetschgenmus, erstklassig haltbares Zwetschgenmus, an dem man bis ins nächste Frühjahr essen musste, naja, so toll schmeckte es dann schon nicht mehr, reichlich sauer, mit einer harten Kruste obendrauf. Philip fand zwölf ungeöffnete Zwetschgenmusgläser mit erstklassigen Oma-Gisela Gummi-Einweckringen, machte sie auf und zog die Gummiringe ab. „Flaschel! Milch!", brüllte Julie. Ihre Windeln hingen ihr jetzt zwischen den Knien.

Philip erklärte, wie er sich's ausgedacht hatte: Sie würden das Wasser aus der Regentonne lassen und die Tonne rauf ins Baumhaus schaffen. An den Griffen der Regentonne würden sie die Oma-Gisela-Gummi-Einweckringe festmachen und nach oben in die Zweige der Tannenbäume spannen. Dann müssten sie schwere Sachen in die Regentonne tun, sich alle in die Regentonne stellen und auf Kommando gleichzeitig die schweren Sachen rausschmeißen. Dann wäre die Regentonne plötzlich so leicht, dass die Gummiringe sie mitsamt der Tonne in den Weltraum schnalzen könnten. (Kannst du dir vorstellen, wie das gehen soll? Ich nicht. Aber ich war ja auch nicht dabei. Irgendwie muss es trotzdem geklappt haben, schließlich sind die Vier ja losgekommen.

Wahrscheinlich können Kinder, wenn Vater und Mutter am Sonntagmorgen wie die Steine schlafen, Sachen machen, die viel schwieriger sind, als Eltern es sich vorstellen können. Sachen, welche die Eltern selber nicht fertigbringen, solche Sachen. Sachen, die man nur machen kann, wenn kein Schwein hört.) Also zerrten sie die Regentonne hinauf ins Baumhaus. „Was tun wir rein?", fragte Philip.

„Nehmen wir Oma Giselas Zwetschgenmus", schlug Gianina vor. Die Töpfe waren schwer genug. Außerdem waren sie jetzt eh schon offen, es würde schon nicht so schlimm sein, wenn sie das Zwetsch-genmus aus der Tonne schmissen. In Wirklichkeit wäre alle sogar froh, wenn sie das saure Zeug mit der harten Kruste obendrauf endlich los wären.

„Erst müssen wir alles, was wir brauchen, in die Tonne schaffen, dann machen wir die Gummiringe oben an den Zweigen fest", kommandierte Gianina. Philip fand, sie müsste nicht immer die Bestimmerin sein.

Schließlich war die Tonne seine Idee. Sie beluden die Tonne mit allem, von dem sie glaubten, man braucht, wenn man, an einem grauen Sonntagmorgen, an dem Vater und Mutter wie die Steine schlafen, zur Milchstraße muss. Am Ende zerrten sie die Töpfe mit Oma Giselas Zwetschgenmus hinein. Dann setzten sie sich auf den Rand der Regentonne und spannten die Gummiringe von den Griffen in die oberen Zweige. Beim neunten, zehnten, elften und zwölften Gummiring merkten sie schon, wie die Regentonne sich ein kleines Stück in die Höhe hob, jetzt mussten sie nur noch auf Kommando die Zwetschgenmustöpfe gleichzeitig runterschmeißt.

Die drei Großen hoben die Töpfe hoch, „Auf die Plätze, fertig los!", schrie Paddy und pflatsch machten die Töpfe mit Oma Giselas erstklassig haltbarem Zwetschgenmus, an dem man eigentlich bis ins nächste Frühjahr essen muss, und rrrrummms flogen die Vier in den Himmel.

Lieder in denen was zum Essen vorkommt, machen nicht satt. Aber manchmal helfen sie gegen die Angst.

Die Vier sausten in der Regentonne durch den grauen Sonntagmorgen. Je höher sie stiegen, desto kälter wurde es. Die riesigen Bäume unten in ihrem Garten schrumpelten zusammen. Sie konnten nicht mehr erkennen, ob Vater und Mutter endlich aufgewacht waren und ob sie Licht im Schlafzimmer angemacht hatten. Die würden sich wundern. Aber sollten sie ruhig. Sollten sie ruhig mal drüber nachdenken, was es bedeutet, dass ihre Tapete im Wohnzimmer runtergerissen ist, ihr erstklassig haltbares Zwetschenmus unter den Bäumen klebt und ihre vier Kinder verschwunden sind. Und wenn sie dabei ein bisschen Angst kriegten, würde es auch nicht schaden. Wer nicht hören will, muss fühlen. Sagten die ja selber immer. „Singen wir was", schlug Gianina vor. Singen hilft nicht gegen Hunger und gegen Kälte. Aber gegen Angst hilft es ein bisschen. Die Vier sangen das Lied vom gut Kirschenessen. Julie brummelte nur so mit, den Text konnte sie nicht, aber es war immerhin besser mit den Geschwistern zu brummeln als ewig nur Durst auf H-Milch zu haben.

DIE VIER SINGEN DAS LIED
VOM GUT KIRSCHENESSEN

Die Kirschen sind sauer, die Kirschen sind süß.
Gianina ist schlauer als Wirsing Mus.

Die Kirschen sind oben, die Kirschen sind groß.
Steig auf Philips Schultern, so kriegst du sie bloß.

Die Amsel isst Kirschen, das tut Julia auch.
Die Amsel fliegt weiter, wie dick ist ihr Bauch.

Der Korb ist jetzt voll, der Kirschbaum ist leer.
Übers Jahr gibt es neue, dann kriegt Paddy mehr.

Die Blüten sind weiß, die Kirschen sind rot.
So lange wir leben, sind wir doch nicht tot.

Und, weil sie immer noch Angst und noch immer
kein Frühstück hatten, sangen sie die letzte Stro-
phe zur Sicherheit lieber noch einmal:

Die Blüten sind weiß, die Kirschen sind rot.
So lange wir leben, sind wir doch nicht tot.

„Wie kommen wir jetzt zur Milchstraße?", fragte Philip Gianina. „Bist doch sonst so oberschlau, sag du doch, wie wir dahin kommen. Und überhaupt eine Mikrowelle brauchen wir auch. Julie will ihre Milch warm." Woher hätte Gianina wissen sollen, wie man zur Milchstraße kommt? Hast du schon mal ein achtjähriges Mädchen nach dem Weg zur Milchstraße gefragt und eine gescheite Antwort bekommen? Gianina sagte nichts. Sie band Julie eine trockene Windel um, weil ihr nasser Po sich sonst im Fahrtwind erkältete. Zum ersten Mal wurde ihr richtig ungemütlich. Sie hätten es doch gründlicher organisieren sollen, das Ganze. Sie hatten keine Mikrowelle, so fing es schon mal an. Sie hatten nichts gegen die Kälte und nichts gegen den Wind. Und eine Karte mit dem Weg zur Milchstraße hatten sie gleich gar nicht.

Auf dem Mond gibt es keine Milch. Aber Mondkälber haben ewig Durst auf Milch.

Da sitze ich nun und kaue mir die Fingernägel ab, weil ich nicht weiß, wie die Vier zur Milchstraße kommen sollen. Ich meine: Den ganzen Sonntag können sie schließlich nicht ohne Frühstück da draußen im kalten Weltraum herumgurken.

Gottseidank hatte Philip eine Idee: „Wir holen uns ein Mondkalb." Na klar. Das Einfachste von der

Welt. Ein Mondkalb holen, damit man die Milchstraße findet. Wahrscheinlich würden da oben
schon eins oder zwei herumstehen und nur darauf warten, dass die Vier es abholen.

„Ein Mondkalb?", fragte Gianina, (die genauso
wenig begriff wie ich und die in diesem Augenblick ungefähr so intelligent guckte wie Philips
Mondkalb).

„Ein MONDKALB", bestätigte Philip. Auf dem
Mond gibt es keine Milch, weiß doch jeder. Aber
Mondkälber haben Tag und Nacht Durst auf Milch,
die können nicht einschlafen vor lauter
Milchdurst. Deswegen haben Mondkälber eine
unerhört feine Nase für Milch und ganz besonders
für H-Milch. H-Milch können sie praktisch durch
den halben Weltraum riechen. „Und was hilft uns
dein tolles MONDKALB?", fragte Gianina.

„Wir stellen das Mondkalb in die Regentonne",
erklärte Philip, „und lassen es mit dem Kopf raus-
schauen. Es riecht die H-Milch auf der Milchstraße,
dreht den Kopf zu der Milchstraße hin und wir
müssen die Regentonne immer nur genau dorthin lenken, wo das Mondkalb hinschaut." Irgendwie klang es nach einer guten Idee. Weil sowieso
keiner eine bessere Idee hatte, (oder weißt du was
Besseres), wollten sie es halt so machen.

Tief im hellen Himmel sah man die Mondsichel. Dahin mussten sie. Ganz ungefährlich war die Sache nicht. Eines durfte nämlich auf gar keinen Fall passieren: Sie durften ja nicht auf den Mond fallen. Weil ohne neue Oma-Gisela-Gummiringe würden sie nie mehr wieder vom Mond herunterkommen und solche Gummiringe gibt es auf dem Mond nicht. Also mussten sie ihre Regentonne haarscharf und ohne sich dran aufzuspießen an der Spitze der Mondsichel vorbeisteuern, ganz knapp über die Mondwiesen hin.

Wie kriegt man ein schweres Mondkalb in eine Regentonne? Das geht, weil auf dem Mond alles ganz leicht ist, viel leichter als auf der Erde. Ein Mondkalb wiegt auf dem Mond so viel wie hier unten die Pusteblume von einem Löwenzahn, höchstens.

Wie sie ihre Regentonne zur Mondsichel lenkten? So: Philip, der ja ziemlich mutig und stark ist, kletterte über den Rand der Regentonne und klammerte sich an den Griff der Regentonne. Dann guckte er, wo die Mondsichel war. Wenn die Mondsichel, sagen wir, links lag, dann mussten alle auf die linke Seite der Regentonne springen, damit die Tonne sich in die Linkskurve legte. Für rechtsrum mussten sie gleichzeitig auf die rechte Tonnenseite springen. So machten sie es.

WENN DU AUF DEN MOND WILLST, MUSST DU DIE STIMME HERGEBEN

Ihre Regentonne raste immer schneller auf den Mond zu. Jetzt erkannten sie, dass der Mond, der von der Erde hier unten aussieht wie eine scharfe Sichel, gar keine Sichel ist ... der Mond war in Wirklichkeit eine Kugel mit vielen Bergen und Hügeln drauf und dazwischen Schluchten und Flusstäler und so was wie Seen ohne Wasser. Auf dem größten Teil der Kugel herrschte Nacht, nur auf einem dünnen sichelförmigen Streifen war heller Tag. Überhaupt war es komisch, wieviel man beim Näherkommen erkennen konnte, (ich meine, vom Baumhaus aus sieht der Mond glatt aus, nur in der Mitte hat er ein paar graue Schrumpeln). Dabei war ziemlich was los auf dem Mond. Herden seltsamer Tiere rannten die hohen Berge auf der rechten Seite hinauf und auf der linken Seite wieder runter, hinein in die tiefen Täler zwischen den hohen Bergen. Jetzt hatten die Mondtiere ihre Regentonne entdeckt. Sie glotzten nach oben und dann rannten die Herden hinter dem Schatten der Regentonne her. Merkwürdige Tiere waren das. Manche sahen aus wie Krokodile, andere wie Kühe oder wie Maulwürfe, wieder andere wie Hummer oder Haifische oder Zebras oder Gnus ... aber sie waren alle hellgrau, eines so hellgrau wie das andere, die Hufe waren hellgrau, die Schwanzflossen, die Stoßzähne genauso wie die Backenzähne, die Augen, die Schwänze, die Federn, hellgrau, alles hellgrau mit einem silbernen Schimmer drin. Merkwürdig war auch, dass alle diese Tiere stumm waren ... sie sprangen hoch, schnappten nach der Regentonne, bissen sich gegenseitig ... aber kein Laut war zu hören. Man sah, wie die grauen Hunde verzweifelt bellten und doch keinen Ton herausbrachten, die grauen Raben krächzten ohne einen Ton, die grauen Pfauen schrien, aber kein Ton kam aus ihren geschwollenen Hälsen. Wenn ich in der Regentonne dabei gewesen wäre, ich hätte schon erklären können, was es mit den stummen grauen Tieren auf sich hat. Das ist nämlich so: Hier oben leben lauter Tiere, die es unten auf der Erde nicht mehr ausgehalten haben, weil die Menschen gemein waren zu ihnen, oder weil sie immer dasselbe eklige Dosenfutter bekamen, oder weil sie sich einfach am Stinksonntagvormittag langweilten. Warum sie alle hellgrau und stumm sind? Das kommt daher: Auf dem Mond wohnen auch noch die wilden Kerle. Wer auf dem Mond bleiben will, der muss den wilden Kerlen seine Stimme hergeben und seine Farben. Sonst darf man da oben nicht bleiben.

Die wilden Kerle halten einen fest, einer biegt einem
die Lippen und Zähne auseinander und ein zweiter wilder Kerl langt einem in den Hals und reißt
einem die Stimmbänder raus. Alle diese Stimmbänder werden in eine tiefe Schale aus glattem
schimmerndem, schwarzem Stein gelegt. Die ist
so groß wie ein See. Da trocknen die Stimmbänder im kalten Licht, und wenn der Wind darüber
hinweggeht, dann hört man ein Lachen und ein
Fluchen und ein Husten und ein Bellen und ein
Kreischen und ein Zwitschern von all den Stimmbändern. Was aber die Farben angeht, so packen
die wilden Kerle dich und stecken dich in ein Bad,

solange, bis alle Farbe aus den Haaren, den Federn, dem Fell herausgebrüht ist und nur noch ein helles, silbernes Grau übrigbleibt. Das Waschwasser mit den Farben verdampfen sie so lange, bis auf dem Boden der Wanne kein Wasser mehr ist, sondern nur ein paar Krümel Farbe übrigbleiben. Die Farbkrümel bewahren sie in einer Truhe aus Zedernholz auf, mit Fächern für jede Farbe, und bewachen sie zusammen mit den Stimmbändern. Das sind die größten Kostbarkeiten des Mondes. Wenn einmal ein neues Tier, oder, wie jetzt, eine Regentonne mit gleich vier Kindern vorbeikam, dann packte die Mondtiere ein solch unstillbarer Hunger nach Farben und Stimmen, dass sie wie wahnsinnig herumrannten und versuchten, nach der Regentonne zu schnappen, und je lauter die Vier schrien, weil sie Angst hatten vor den stummen grauen Tieren, desto gieriger wurden die. Hellgrauer Atem quoll aus ihren aufgerissenen Mäulern, und die Regentonne kam jetzt immer tiefer und immer näher an die schnappenden grauen Mäuler.

Glaubst du etwas, das kann jeder, ein Mondkalb fangen?

Ihre Regentonne donnerte so flach über die Mondberge weg, dass sie fast die Bergspitzen berührte und die aufgerissenen Mäuler der Mondtiere, die sich auf diesen Bergspitzen drängelten. Wenn sie auch nur einen halben Meter tiefer runterkämen mit ihrer Regentonne, dann würden die stummen grauen Mondtiere sie fressen.

„Los Julie", kommandierte Gianina, „schmeiß deine nassen Windeln raus, vielleicht mögen die nasse Windeln!" Und Julie, die ihre Windeln eigentlich schon lange loswerden wollte, schmiss das nasse Zeug den Mondtieren in die offenen Mäuler, (ich meine ... wenn man seine Windeln schon immer mal loswerden wollte, ist das ein ziemlich guter Augenblick). Während Julie mit ihren nassen Windeln schmiss, krähte sie dabei vergnügt den einzigen Abzählvers, den sie kannte:

Das ist der Daumen.
Der schüttelt die Pflaumen.
Der hebt sie auf.
Der legt sie in die Kiste.
Und der Klitzekleine ...
der isst 'se alle, alle auf.

... während Paddy den letzten Zwetschgenmustopf packte und ihn den nassen Windeln hinterherschmiss ... was, alles in allem, eine ziemlich starke Idee war, denn die Mondungeheuer stürzten sich jetzt auf das braun-rot glitzernde Zwetschgenmus und rutschten darauf aus ... während alledem waren sie jetzt über einem Spaghetti-Feld angekommen.

Eine Herde grauer stummer Mondkälber weidete in dem weichen Spaghetti-Feld.

„Da, eines von denen brauchen wir!", sagte Philip leise zu den anderen, (ich weiß auch nicht, wie er überhaupt erkannte, dass das da unten Mondkälber waren). Philip stieg auf den Rand der Tonne, sagte den anderen, sie sollten sich alle unten hinstellen, damit die Regentonne noch ein bisschen tiefer ging, und Gianina sollte, wenn sie tief genug waren, neben ihn auf den Rand springen, weil er das Mondkalb bei den Hörnern und Gianina es beim Schwanz packen musste, damit sie es in die Regentonne zerren konnten. „Leise!", kommandierte Philip, „ganz leise, damit sie uns nicht merken. Und wenn wir nah genug sind, dann zupacken!" Als sie ganz, ganz nah an einem Mondkalb waren, so nah, dass sie schon sein Fell anfassen konnten, da drehte sich das Mondkalb um, machte vor Schreck einen riesigen Sprung … und bohrte dabei eins seiner Hörner so tief in die Regentonne, dass es innen in der Regentonne wieder rauskam. „Los, Gianina!", schrie Philip, „pack es am Schwanz, pack es ganz fest!" Philip und Gianina packten das Mondkalb, das vorne mit seinem Horn in der Regentonne feststeckte und nicht mehr herauskonnte, am Schwanz und hielten es fest. Es war nur gut, dass die Regentonne noch immer flog und flog und flog. Denn jetzt verließen sie das graue Spaghetti-Feld, es ging weiter über eine Wüste, dann kamen wieder Berge und wieder Täler und da war jetzt schon die Schattenseite des Mondes, und sie konnten keine grauen stummen Tiere mehr sehen und weiter flogen sie und weiter und dann hatten sie den Mond verlassen und waren wieder allein im kalten Weltraum. Philip und Gianina froren da oben auf dem Rand der Regentonne, den Schwanz vom Mondkalb fest in ihren Händen haltend.

WO HAT EIN MONDKALB
SEIN LENKRAD?

„Ich mach's am Griff fest" sagte Philip und kletterte zum Griff der Regentonne, nahm den Schwanz des Mondkalbes, wickelte ihn um den Griff und machte dann einen guten, festen Knoten hinein. Das Mondkalb konnte nicht mehr weg … vorne das Horn eingeklemmt, hinten den Schwanz zusammengeknotet. Jetzt musste man nur noch herausfinden, wohin es guckte, wohin es wollte … denn nichts will ein Mondkalb lieber als H-Milch und deswegen hatten sie sich ja eines gefangen. Der furchtlose Philip kletterte wie ein Cowboy auf den Hals des Mondkalbs und hielt sich mit einer Hand an dem Horn fest, dass das Mondkalb nicht in die Regentonne gerammt hatte. „Willst du meinen Pullover?", fragte Gianina, denn da draußen im Weltraum auf dem Hals eines Mondkalbes bläst ein eisiger Fahrtwind.

Philip nickte und Gianina langte ihm ihren Pullover hinüber. Ja und jetzt? Jetzt musste Philip nur noch dem Mondkalb die Zimpelfransen aus der Stirn ziehen, damit er sehen konnte, wohin das Kalb guckte. Und genau das machte Philip denn auch.

Anfangs ging alles ziemlich gut. Philip hob die Zimpelfransen des Mondkalbs hoch, schaute nach, wohin es guckte und dorthin steuerten sie ihre Regentonne. Das Kalb konnte die H-Milch schon riechen und lotste sie in die richtige Richtung, (obwohl die Vier das zu diesem Zeitpunkt natürlich nicht wussten, dass es die richtige Richtung war. Genauso wenig wie sie wussten, dass sie noch elf Sonnen und dreiundzwanzig Monde, also ungefähr sieben Millionen Kilometer von der Milchstraße entfernt waren). Das Mondkalb fand es so nett, dass jemand ihm zum ersten Mal in seinem Mondleben die Haare aus der Stirn strich, dass es ganz zutraulich wurde und mit dem Schwanz wedeln wollte. Was nicht ging, weil Philip seinen Schwanz mit einem guten Knoten am Griff der Tonne festgemacht hatte. So sausten sie an merkwürdigen Himmelskörpern vorbei … manche sahen rot aus, als stünden sie in Flammen, andere blau wie Gletscher, als wären sie aus Eis, wieder andere waren durchsichtig wie riesige Diamanten, wieder andere wie riesige Glasmurmeln oder wie Rubine.

Ein Apotheker mit so vielen Warzen verkauft keine Kopfwehtabletten.

„Uhhhhh!", schrie Julie plötzlich, „uhhhhhhh!", und zeigte auf eine Stelle hinter ihnen im Weltraum. Irgendetwas verfolgte sie. Einer der wilden Kerle war hinter ihnen her. Nicht irgendein x-beliebiger wilder Kerl, sondern einer von den Allerschlimmsten, von den Allerwildesten ... es war der Apotheker der wilden Kerle. Er bewachte die Zederntruhe mit den Farben und jetzt wollte er unbedingt das Augenblau von Julie und das Feuerrot von Gianinas Haaren und überhaupt alle Farben der Vier besitzen. Der Apotheker ritt auf einem Monopteros durch den Weltraum. Ein Monopteros ist so was Ähnliches wie ein Nashorn, gepanzert mit dicken grauen Platten, sogar auf den Kniescheiben und auf den Ohren hat es solche Panzerplatten. Aus der Nase wächst ihm ein Horn, groß wie ein Maibaum und scharf geschliffen. Das Monopteros hielt seine gepanzerten Beine weggestreckt, damit es besser fliegen konnte.

Es war stumm wie alle anderen Mondtiere, aus seinem Maul quoll grauer Schaum, den es wie eine schlaffe graue Fahne hinter sich herzog. Wenn ihr findet, dass das Monopteros scheußlich aussieht, dann habt ihr den Apotheker der wilden Kerle noch nicht gesehen. Der hatte einen Brustkorb, so viereckig und hässlich wie der Holzklotz auf dem der Metzger die Schnitzel flachklopft. Auf diesen Klotz hatte jemand, einen zweiten, genauso klobigen Klotz geschraubt ... das war der Kopf des Apothekers. Eigentlich sah man nur diese beiden Klötze, seinen Brustkorb, seinen Kopf und die Warzen. Er war über und über mit dicken, grauen, knubbligen Warzen bedeckt, seine Augen, seinen Mund, seine Nase, nichts konnte man erkennen unter der dicken Kruste grauer Warzen. Seine Arme und Beine waren jämmerlich dünn und viel zu kurz. Sie hingen oben und unten aus seinem eckigen Leib heraus, als wüssten sie nicht, wozu sie da herausbaumelten. Seine Hände und Füße starrten auch vor dicken grauen Warzen, so vielen, dass man die Finger und Zehen kaum unterscheiden konnte. In der linken Hand hielt der wilde, warzige Apotheker den Stimmbandausreißer. Das Ding sah aus wie eine gebogene Kneifzange, damit würde er ihnen die Stimmbänder rausreißen. In der anderen Hand schwang der wilde, warzige Apotheker eine Peitsche. Sie war geflochten aus den Stimmbändern von Wölfen, Schakalen, Hyänen und Kojoten, und wenn der warzige Apotheker sie um seinen klobigen Klotzkopf schwang, dann jaulten und jammerten und schrien und bellten die Stimmbänder, und ein so schauerliches Heulen kam über den Himmel und erfüllte den Weltraum, dass die riesigen Gletscherratten auf dem blauen Planeten und die Feuerameisen auf dem rubinroten Planeten tief in ihre Verstecke krochen und sich die Ohren zuhielten.

Dieser wilde Kerl kam jetzt immer näher. Die Vier wussten nicht, was sie tun sollten. Gianina dachte, vielleicht würde das Lied von den Starken Vier vom blauen Feringasee helfen und sie fingen an, es ganz laut zu singen. Aber wahrscheinlich hatte der warzige Apotheker noch nie etwas vom blauen Feringasee gehört, oder er verstand kein Feringaisch. Die Sprache vom Feringasee und das Lied der Starken Vier vom Feringasee machte ihm deshalb kein bisschen Angst. Er kam näher und näher und ließ seine schreckliche Peitsche durch den Weltraum sausen.

DER LETZTE FLUG DER SCHWARZEN MONGOLISCHEN GANS

Das spitzige Horn vom Monopteros berührte schon die Regentonne, die vier brüllten und während sie noch brüllten wurde es plötzlich dunkel um sie. Gianina dachte, sie wären im Maul des Monopteros. Sie spürte schon die Zähne des Monopteros an ihrem Hals herumkauen. Julie dachte überhaupt gar nichts, sondern brüllte einfach weiter ...

Aber die vier waren nicht im Rachen des Monopteros gelandet. Eine schwarze mongolische Gans war aus den Tiefen des Weltalls geflogen gekommen. Ob sie das Gebrüll der Vier gehört hatte, oder ob sie nur zufällig vorbeigekommen ist, kann ich nicht sagen. Jedenfalls war sie unvorstellbar groß und unvorstellbar schwarz. Jeder ihrer riesigen schwarzen Flügel war so groß wie, ich weiß nicht wie groß, na vielleicht so groß wie der Starnberger See oder wie das Allergrößte, das du dir vorstellen kannst. Ihre Federn waren so schwarz, dass sie jeden Lichtstrahl verschluckten und niemand sie mehr sehen konnte. Und so flogen die Vier durch das Weltall elf Sonnen und dreiundzwanzig Monde weit, also ungefähr sieben Millionen Kilometer, die schwarzen Flügel der mongolische Gans behüteten sie und die Lichtstrahlen, die das schwarze

Gefieder der Gans geschluckt hatte, wärmten sie ein bisschen. Was die Vier nicht wussten, das war: Dies war der letzte Flug der schwarzen mongolischen Gans. Sie konnte die Vier nur ein Stück weit begleiten und schützen. Dann hatte sie einen anderen Weg zu machen.

Plötzlich tauchte neben der Regentonne eine kleine mongolische Reiterin auf.

Das Mondkalb ließ sich nicht stören. Von ihm aus hätten sämtliche Mongolenheere neben ihm her galoppieren können, es roch jetzt immer deutlicher die Milchstraße und das war das Einzige, was das

Mondkalb interessierte. Die mongolische Reiterin saß auf einem kleinen Steppenpferd, ihre Kleidung war aus Leder, auf dem Kopf trug sie einen Lederhelm mit einem Visier, das nur ihre Augen freiließ. Hinten aus dem Helm kam ein langer, geflochtener Schwanz schwarzer Haare heraus, der war mit Kamelbutter eingefettet und glänzte. Die Vier erschraken, als sie die Reiterin sahen, aber die winkte ihnen mit ihrem Säbel freundlich zu. Auch die Gans schien die Reiterin zu erkennen. Die Reiterin redete die Vier in einer fremden, kehligen Sprache an. Gianina sagte, sie könnten deutsch und englisch, feringaisch und sogar die Sprache von Ellwangen, aber das was die Reiterin da redete, das hätten sie leider noch nie gehört. Ob sie vielleicht zufällig einer der Sprachen könnte, welche die Vier auch können?

„Natürlich", sagte die kleine Reiterin, „natürlich kann ich feringaisch mit euch reden." Und dann erzählte sie ihnen, wie das war mit der Gans: Schwarze mongolischen Gänse sind nicht größer und nicht kleiner als andere Gänse auf der Erde auch. Im Herbst ziehen sie irgendwohin in den Süden und im Frühjahr ziehen sie wieder zurück in die Grassteppen der Mongolen. Wenn eine mongolische Gans zwölf Jahre alt geworden ist, zieht sie im Herbst nicht mehr zusammen mit den anderen in den Süden. Dann setzt sie sich in die Zweige der hohen stolzen Pappeln, die an den Rändern der Steppen der Mongolen wachsen, wartet auf den Winter und schläft ein ... für immer. Wenn die Mongolen im nächsten Frühjahr ihre Pferde auf die Steppe treiben, finden sie manchmal noch ein paar schwarze Federn, die in den Zweigen der hohen Pappeln kleben.

Wer so eine findet, dessen Pferde trinken den ganzen Sommer über süßes Wasser.

„Und die großen, jene die so groß sind wie unsere hier?", fragte Gianina, (natürlich auf feringaisch, ich habe es hier nur übersetzt, wie das ganze Gespräch mit der Reiterin auf ihrem struppigen Pferd).

„Es gibt immer nur eine einzige schwarze mongolische Gans, die so riesenhaft ist, wie die, die euch vor dem Apotheker beschützt hat", erklärte die kleine Reiterin. „Mehr als diese eine kann es zur gleichen Zeit nicht geben. Sonst würden ihre Flügel den Himmel über der Steppe der Mongolen schwarz machen. Wenn sie jung ist, dann sieht die Riesengans genauso aus wie die anderen Gänse auch, niemand kann sie von den anderen unterscheiden, nicht einmal sie selber weiß, wer sie ist. Wenn ihre Gefährten, die zwölf Jahre alt sind, sich müde in die Äste der Pappeln setzen und nicht mehr in den Süden ziehen, ist sie die einzige aus ihrem Schwarm, die noch einmal in den Süden fliegt. Wenn sie zurückkehrt im Frühjahr, ist sie größer

als die anderen, die mit ihr zusammen zurück-
kommen. Dann weiß sie es: Sie ist die neue riesige
schwarze Gans. Und dann weiß es auch die alte
riesige Gans, die bisher die einzige riesige Gans
war: Es gibt jetzt eine neue, ihre Zeit ist um. Sie
muss gehen. Es wächst keine Pappel bei uns Mongolen, die groß genug wäre, damit die große Gans
in ihren Zweigen einschlafen und nie mehr aufwa-
chen könnte. Deshalb fliegt die alte Gans, wenn
sie die neue riesige Gans gesehen hat, ins Weltall.
Sie muss ein schwarzes Loch finden."

„Ein schwarzes Loch?", fragte Philip. „Ein schwarzes Loch sieht man nicht. Aber wenn man nah genug
hinkommt, reißt es einen in sich hinein und man ver-
schwindet im Bauch des schwarzen Lochs und taucht
nie wieder auf. Dahin fliegt eure große schwarze mongolische Gans, es ist ihr letzter Flug, sie kann nicht mit
euch bis zur Milchstraße, sie muss in das schwarze
Loch hinein und ihr werdet sie nie mehr sehen."
„Und du?", fragte Gianina, die jetzt weinen musste.

Die kleine Reiterin auf ihrem struppigen Pferd
erklärte, dass immer eine aus dem Volk der Mongolen die alte schwarze Gans auf ihrem letzten
Flug begleitet. Die Begleiterin nimmt ein schar-
fes Schwert mit ..., die kleine Reiterin zeigte den
Vieren ihr Schwert ... weil die Gans wählen darf:
Entweder sie muss in das schwarze Loch hinein,
oder die kleine Reiterin schneidet ihr mit dem

scharfen Schwert einen Flügel ab und sticht ihr eines ihrer blauen Augen aus. Dann kann die Gans nicht mehr fliegen und trudelt und kreiselt hilflos im Weltall herum, mit einem Flügel auf der einen Seite und keinem auf der anderen Seite und mit nur einem Auge. Aber noch nie hat eine der großen alten Gänse gewollt, dass man ihr einen Flügel abschneidet, sie sind alle in das schwarze Loch hinein. Auch eure Gans wollte nicht, dass ich ihr den Flügel abschneide und ein Auge aussteche.

„Und wenn sie verschwunden ist, fliegst du zurück auf die Erde?", fragte Philip.

Nein, sagte die kleine Reiterin, wer die große Gans begleitet, darf nicht mehr zurück in die Steppen der Mongolen.

Wer die große Gans begleitet muss zum Mond und dort für immer bleiben. „Und die wilden Kerle reißen dir die Stimmbänder raus und nehmen dir deine Farben weg?", fragte Gianina. Die kleine Reiterin zuckte nur stumm mit den Schultern. Viel schlimmer war: Sie würde die Steppen ihres Volkes nicht mehr sehen und den blauen Himmel darüber, der so blau nur über den Grassteppen ist, und die stolzen hohen Pappeln, die an den Rändern der Steppe wachsen, und nicht mehr die weißen Wolken darin und nie mehr den Wind.

Da schlug die große schwarze Gans mit ihren riesigen Flügeln, groß wie der Starnberger See, groß wie das Allergrößte, was du dir überhaupt vorstellen kannst und bog ab ... einen Augenblick sahen die Vier noch ihren Schatten vor den Sonnen, kurz darauf auch den nicht mehr, vielleicht war sie jetzt schon im schwarzen Loch verschwunden.

„Ich kann euch jetzt auch nur noch ein kleines Stück begleiten, dann muss ich zum Mond", sagte die mongolische Reiterin.

Die Vier sagten gar nichts, sie starrten noch immer zu der Stelle, wo ihre schwarze Gans verschwunden war. Jetzt winkte die kleine Reiterin den Vieren ein letztes Mal zu und drehte ihr struppiges Pferd herum. Sie waren wieder ganz allein.

ES WIRD ZEIT, DASS PADDY
SEINEN GROSSEN AUFTRITT KRIEGT

Ist euch was aufgefallen bei der Geschichte bisher? Mir schon. Erstens ist der Paddy noch gar nicht richtig vorgekommen, (ich meine, natürlich ist er von Anfang an dabei, aber so einen richtig starken Paddy-Pupser-Auftritt hat er bisher noch nicht gehabt). Und zweitens fällt mir auf, immer wenn die Geschichte richtig kompliziert wird, so verzwickt, dass ich selber schon nicht mehr weiß, wo sie anfängt und wie sie aufhört, dann kommt garantiert ein warziger Kerl oder ein Mondkalb um die Ecke geschossen, oder eine mongolische Reiterin, und alle sprechen sie feringaisch, (das scheint überhaupt die Sprache zu sein, die hier alle verstehen). Und plötzlich geht die Geschichte, die schon hoffnungslos stecken geblieben war, wie durch ein Wunder weiter. Daran wollen wir uns auch in diesem Kapitel halten. Inzwischen waren die Vier in einer Gegend des Weltraums angekommen, die offensichtlich so was war wie eine fliegende Müllhalde. Kloschüsseln, welche die Astronauten nicht mehr brauchten, massenhaft Zeug aus alten Raumstationen ... Suppendosen, Videorekorder, angebissene Würste, geplatzte Würste, aufgequollene Würste, Kugelschreiber, Sonnencreme, Tüten mit Gummibären, (kaum noch welche drin),

CD-Player und Videokassetten, eigentlich alles, was man sich überhaupt vorstellen konnte, raste mit unvorstellbarer Geschwindigkeit wie ein gigantischer Müllberg durch den Weltraum. Paddy griff sich eine Videokamera, man konnte ja nie wissen, die angebissenen Würste ließ er vorbeifliegen, Gianina fischte warme Wollsachen aus dem Müllberg, für Philip, der noch immer auf dem Mondkalb ritt, sogar ein paar Lederhandschuhe, Julie packte eine Waschmaschine und band sie mit dem Elektrokabel, das hinten raushing, an den zweiten Griff der Regentonne, (na ja, so einen richtigen Knoten konnte sie eigentlich nicht, aber irgendwie hat es doch gehalten).

Kurz darauf hatten sie die Zone des fliegenden Mülls durchquert und der Weltraum war wieder still und leer.

Ihre Regentonne sah jetzt weniger wie eine Regentonne aus, sondern mehr wie der Sammelwagen vom Sperrmüll … da flog die Waschmaschine mit und der Kühlschrank und die Videokamera und die halbleeren Gummibärchentüten und die kleinen Becher mit Nutella. (Habe ich vorhin etwa vergessen, die zu erwähnen?) … und wer weiß was noch alles. Nur gut, dass im Weltall die Dinge kein Gewicht haben, sonst wären die Vier mitsamt dem Kühlschrank und der Waschmaschine abgestürzt. „Flaschel! Milch!", brüllte Julie. Das Ganze dauerte einfach zu lange. Solche Umwege für eine einzige Tüte H-Milch!

Gianina versuchte sie zu beruhigen und machte Fingerzählen mit ihr:

„Das ist der Daumen.

Der schüttelt die Pflaumen.

Der hebt sie auf.

Der legt sie in die Kiste. Und der Klitzekleine … der isst sie alle auf."

Aber Julie war es scheißegal, welcher ihrer Finger der Daumen war und welcher Finger die Pflaumen alle aufisst. Das Einzige, was sie wissen wollte, war, welche Finger ihr endlich die H-Milchtüte aufriss.

„Flaschel! Milch!", brüllte sie regelmäßig wie ein Uhrwerk. Währenddessen hatte Paddy die

Videokamera gepackt und schwenkte damit im Weltall herum. Vater und Mutter glaubten ihnen eh nie was. Sie würden ihnen auch nicht glauben, dass sie eine schwarze mongolische Gans und eine kleine Reiterin und einen warzigen Apotheker getroffen hatten, wenn sie nicht wenigstens ein bisschen was davon auf Video festhielten. Und Elena und Eddy die würden ihnen schon deswegen nichts glauben, weil sie die nicht mitgenommen hatten. Also hielt Paddy sich die Videokamera vor die Brille, (keine Ahnung, wie er überhaupt was sehen konnte durch das zerkratzte Ding), und schaute, was er filmen könnte. Und wer kam da von hinten auf seinem Monopteros angeschossen? Na klar, unser alter Feind der warzige Apotheker. Die kleine Reiterin hatte ihn auf ihrem Weg zum Mond wohl nur kurz aufhalten können. Dem Apotheker stand der graue Wutschaum vor dem Warzenmaul. In der linken Hand schwenkte er den Stimmbandausreißer, in der anderen Hand die Peitsche. Und das Jaulen und Jammern und Schreien und Bellen der Stimmbänder der Wölfe, Schakale, Hyänen und Kojoten heulte schauerlich über den Himmel und erfüllte den Weltraum, dass sogar die riesigen Gletscherratten auf dem blauen Planeten und die Feuerameisen auf dem rubinroten Planeten tief in ihre Verstecke krochen und sich die Ohren zuhielten.

„He!", sagte Paddy ziemlich trocken, hielt sich mit der rechten Hand die Videokamera vor die Brille und zeigte mit der freien linken Hand auf den warzigen Apotheker, der näherkam.

Aber dieses Mal war keine schwarze mongolische Gans und keine kleine Reiterin da, um ihnen zu helfen. Und noch mal sagte Paddy: „He!", genau so trocken wie beim ersten Mal.

Jetzt drehten sich auch die anderen um und sahen dem Apotheker direkt in sein grässliches Warzenmaul hinein. „Flaschel! Milch!", quiekte Julie entsetzt. Gianina schrie, das wäre jetzt aber wirklich gegen die Regel, dass der Apotheker sie ein zweites Mal verfolgte, wenn er es beim ersten Mal doch nicht geschafft hatte. Zweimal verfolgen ist unfair. (Aber habt ihr schon mal einen warzigen Apotheker erlebt, der sich an die ausgemachten Regeln hält? Ich nicht.) Philip saß auf dem Mondkalb wie ein Cowboy und versuchte dem Kalb die Sporen zu geben. Nur Paddy blieb ziemlich, ziemlich ... ja man kann es einfach nicht anders sagen ... ziemlich cool und filmte.

„Mach weiter so, Paddy!", kam plötzlich eine Stimme aus der Waschmaschinentrommel, natürlich auf feringaisch. Wir schauen gleich nach, wem diese Stimme eigentlich gehört. „Immer weiter filmen! Lass den Kerl ganz nah herankommen, so nah, dass er schon an die Videokamera anstößt, dann drück auf den Knopf zum Aufnehmen. Dann zieht es den warzigen Apotheker samt seinem Monopteros in die Videokamera hinein. Wenn die in der Kamera gefangen sind, drückst du auf den Knopf für blitzschnelles Rückspulen. Dann fahren die beiden Karussell in der Kamera, Karussell rückwärts so lange, bis ihnen kotzschlecht ist und du spulst sie immer weiter und weiter rückwärts, mach Paddy, immer schön cool bleiben!"

Dass er cool bleiben sollte, das brauchte dem Paddy keiner sagen. Da stand er mit seiner Videokamera, als hätte er sein Leben lang nichts anderes getan als warzige Apotheker zu filmen. Mit einem schmatzenden, modrigen Geräusch, so ähnlich wie wenn man den Staubsauger in Kartoffelbrei hält, saugte die Filmkamera erst das maibaum- große Horn des Monopteros, dann sein schau- miges Maul, dann den warzigen Apotheker samt seinem Stimmbandausreißer in sich hinein. Einen winzigen Augenblick passte der coole Paddy nicht auf und drückte immer weiter auf den Aufnahme- knopf obwohl der Apotheker schon längst in der Kamera verschwunden war … da bohrte sich das maibaumgroße Horn des Monopteros vorne wie- der heraus, genau da, wo Paddy mit seiner zer- kratzten Brille hineinschaute. „Zurückspulen! Um Himmelswillen, drück auf zurückspulen!". schrie die Stimme auf feringaisch. Paddy schob mit der freien Hand das Horn des Monopteros zurück in die Kamera und drückte dann auf „Zurückspulen". Jetzt konnte man hören, wie der warzige Apothe- ker und der Monopteros in der Kamera so her- umgeschleudert wurden, dass sie ihren grauen Schleim kotzten, und als sie keinen grauen Schleim mehr hatten und auch sonst nichts mehr zum Kot- zen drückte Paddy noch immer ganz cool auf den „Zurückspulen" Knopf. Das ekelhafte Warzenmaul würde den starken Vier vom Feringasee jedenfalls nichts mehr anhaben.

DER SCHLAUBERGER-HECHT

Jetzt wollen wir endlich nachschauen, wem die Stimme gehört, die Paddy gesagt hatte, was er machen soll. Sie gehörte einem Hecht, der sich gutgelaunt in der Waschmaschinentrommel eingerollt hatte. Er sah genauso aus wie alle anderen Hechte, die im Feringasee herumschwimmen und nur darauf lauern, dem Sohn vom Friseur die Zehen anzuknabbern. Dieser Hecht hier war allerdings ein Stückchen größer, fast so groß wie Gianina und blau, und vorne hing ihm ein roter Bart ums Maul. Durchsichtig war er, so dass die Vier sehen konnten, wie das Hechtherz schlug und das Hechtblut durch den Körper pumpte, und seinen Magen konnten sie sehen, und wenn er feringaisch mit ihnen redete, konnten sie seinen Kehlkopf wackeln sehen. „Na, ihr?", sagte der Hecht munter und schnellte aus der Trommel der Waschmaschine zu ihnen in die Regentonne. Die Vier antworteten nicht. „Da vorne, schaut mal ... da vorne ist eure Milchstraße".

(Philip, der sich noch immer mit eiskalten Fingern auf dem Mondkalb festhielt dachte: Warum haben wir diesen Schlauberger-Hecht nicht gleich am Anfang mitgenommen, dann hätten wir uns die ganze Mühe mit dem Mondkalb und so sparen können. Aber das sagte er nicht laut). Die Vier sahen vor sich ... na ja: Ich kann schwer beschreiben, was sie da eigentlich vor sich sahen. Es war so etwas wie ein gläserner Spiegel. Das Etwas reichte von einem Ende des Weltraums zum anderen. Man konnte nicht sehen, wo es oben anfing und wo es unten aufhörte. Der Spiegel schien aus unzähligen kleineren Spiegeln zusammengesetzt. Natürlich vor allem aus Milchglasspiegeln, deswegen heißt die Milchstraße schließlich

Milchstraße. Da waren Milchglasspiegel die vergrößerten, (und die Vier sahen sich wie Riesen), solche, die verkleinerten, (jetzt hätten die Vier leicht ins Martinas Portemonnaie gepasst), da waren Zerrspiegel, die machten einen dick und andere machten einen dünn, da waren Schlafzimmerspiegel und Badezimmerspiegel und ... na ja: Es war jedenfalls ziemlich verwirrend. Noch verwirrender war, dass in diesen Spiegeln widerwärtige Ungeheuer eingeschlossen waren wie Raubtiere in weißem Bernstein.

„Das ist die Milchstraße, sie ist ganz aus Spiegelglas, Milliarden von Spiegeln", stellte der Hecht vor.

„Flaschel! Milch!", trompetete Julie zur Abwechslung. Sie hatte mitgekriegt, dass hier in der Nähe endlich eine H-Milchtüte sein muss. „Und wie kommen wir jetzt da rein?", fragte Philip. Überhaupt hatte er das lange Rumreden des Hechtes ziemlich satt.

„Dazu werdet ihr mich brauchen", antwortete der Hecht, und sie konnten sehen, wie sein Kehlkopf ganz stolz wackelte. „Ohne mich kommt ihr da nie rein."

„Na klar", machte Philip.

„Und wie bringst du uns denn in die Milchstraße?", fragte Gianina. Sie dachte, es könnte nicht schaden, ein bisschen wohlerzogen zu tun. „Ich kann Glas und Spiegel zum Schmelzen bringen", sagte der Hecht mit einer höflichen Verbeugung zu Gianina.

„Dann schmelze endlich los!", schimpfte Philip.

„Na ja ... ganz so einfach geht es nicht", sagte der Hecht, und Philip konnte schon nicht mehr hinsehen, wie eingebildet der Kerl mit seinem Kehlkopf wackelte.

„Es ist nämlich so: Ich muss dafür ein ziemliches Höllenfeuer in meinem Bauch entfachen. Das Feuer atme ich aus und schmelze damit die Milchstraße ein. Nur müssen wir dabei furchtbar schnell sein. Wenn ich Glas und Spiegel schmelze, dann können sich all die Ungeheuer und wilden Kerle, die da in Glas und Spiegel gefangen sind, befreien, das geschmolzene Spiegelglas läuft an ihnen runter und sie erwachen wieder zum Leben und stürzen sich auf uns." „Gott wie toll", sagte Philip.

„Es gibt ein Mittel dagegen. Philip und Gianina machen den Kühlschrank hinten an der Regentonne fest, ich schmelze vorne das Glas und ihr beiden klappt hinten die Tür vom Kühlschrank immer auf und zu ... da kommt eiskalte Luft raus und das Glas, das ich vorne geschmolzen habe, wird hinten, durch die kalte Luft aus dem Kühlschrank, wieder fest und hart, und die Ungeheuer der Milchstraße können sich nicht befreien. Verstanden?" Natürlich hatten sie verstanden. Schließlich sausten sie jetzt, noch immer ohne Frühstück, den ganzen Sonntagvormittag im Weltall herum und hatten schon komplizierte Sachen verstanden als die Tür von einem Kühlschrank auf- und zuzuklappen.

„Da ist noch was", sagte der Hecht. „Na klar", sagte Philip, der sich schon gedacht hatte, dass da unbedingt noch was sein musste. Die Quasselstrippe konnte ja einfach noch nicht am Ende sein.

„Leider kann ich das Höllenfeuer für die Glasschmelze in meinem Bauch nur anzünden, wenn ich wenigstens drei Pfund Kinderfüße gegessen habe." Der blaue durchsichtige Hecht schaute den Vieren unschuldig auf die Füße, etwa so wie Oma Gisela schaut, wenn sie zu Vater sagt: „Ach Thomas, hättest du wohl die Güte, mir die Zuckerdose herüberzureichen? Vielen herzlichen Dank!"

Die Vier schauten auf ihre Füße hinunter. Es ging ganz schön hart zu im Weltall.

„Aber", sagte der Hecht, „aber ihr werdet eure Füße ja behalten wollen, stelle ich mir vor. Deswegen mache ich euch einen Vorschlag: Ich esse die Füße vom Mondkalb. Das habe ich zwar noch nie ausprobiert, aber ich glaube, vier Kälberfüße, das wird schon reichen, um genügend Hitze zu machen, damit ich die Milchstraße einschmelzen kann." Die Vier sahen sich an und dann das Mondkalb, das ganz zutraulich versuchte, mit dem angeknoteten Schwanz zu wackeln. Julie hatte sogar für einen Augenblick aufgehört „Flaschel! Milch!", zu brüllen. Das Mondkalb hatte ihnen geholfen … zum Dank dafür sollte der Hecht jetzt seine Füße auffressen dürfen?

WIE MAN EINE
MILCHSTRASSE AUFTAUT

„In Ordnung", nickte Gianina dem Hecht zu, „in Ordnung ... du kriegst die Füße vom Mondkalb, wenn du uns dafür das Glas zum Schmelzen bringst, damit wir durch die Milchstraße kommen und die H-Milch-Tüte für Julie kriegen."

Die Geschwister schauten Gianina entgeistert an ... war die jetzt völlig verrückt geworden? Das Mondkalb hatte ihnen die ganze Zeit geholfen, es hing an der Regentonne, versuchte mit seinem angeknoteten Schwanz zu wedeln und hatte kein bisschen Angst mehr vor ihnen ... und da erlaubte Gianina dem Hecht, die Füße vom Mondkalb abzufressen?

Gianina hatte, wie immer, einen Plan. Dann erklärte sie den Geschwistern flüsternd und, damit der Hecht nichts verstand, auf ellwangerisch: „Also erstens", sagte sie, „lügt der Hecht. Der braucht die Füße vom Mondkalb überhaupt nicht, damit er das Glas und die Spiegel der Milchstraße zum Schmelzen bringen kann, das kann der auch ohne abgegessene Kälberfüße. Hechte lügen ja öfter, aber dieser Hecht hier ist ein einziger Lügenbeutel. Schaut euch nur mal seinen Kehlkopf an, wie der wackelt, daran erkennt man, dass er lügt!"

„Dann ist es auch gelogen, dass er die Milchstraße schmelzen lassen kann?", fragte Philip.

„Nein, das können sogar die allerschlimmsten Lügner", sagte Gianina, „schmelzen, das können bei denen schon die Babys. So kommen die nämlich auf die Welt ... die kleinen Babyhechte schmelzen sich durch den Bauchnabel der Hechtmutter in den Feringasee. Danach wächst das Loch im Bauch der Hechtmutter wieder zu. Also schmelzen ... das können die wirklich." „Was quatscht ihr da herum?", fragte der Lügen-Hecht auf feringaisch, eine andere Sprache konnte der nicht. Wie alle Lügner befürchtete er, jemand anderer könnte auf ellwangerisch die Wahrheit über ihn sagen.

„Wir lassen den Hecht dem Mondkalb die Füße abbeißen", fuhr Gianina auf ellwangerisch fort. „Und wenn wir auf der anderen Seite der Milchstraße wieder draußen sind, dann saugt Paddy den Hecht in seine Videokamera, genau wie er den warzigen Apotheker und seinen Monopteros reingesaugt hat, und spult den Hecht so lange rückwärts, bis dieser die Füße vom Mondkalb ausgekotzt hat. Die kleben wir dem Mondkalb dann mit Nutella wieder an."

„Nutella", nickte Paddy, „oh, ohhh." „Hört endlich auf, Sachen zu reden, die ich nicht verstehe, das ist äußerst unhöflich", schimpfte der Lügenhecht. „Füße abbeißen tut weh", stellte Philip jetzt fest. Philip hat es gern, wenn Klarheit herrscht.

Gianina dachte einen Augenblick nach. Philip hatte recht.

„Ich weiß, wie wir es machen", sagte Gianina. „Wir geben dem Mondkalb Weißbier" ... (habe ich erwähnt, dass die Vier Weißbier aus der fliegenden Müllhalde gefischt haben? Nein? Da seht ihr mal wie vergesslich ich bin!) „Wenn die Erwachsenen ein oder zwei Weißbier getrunken haben und sich auf die Köpfe hauen, tut es denen auch nicht weh, sie sagen nur: Oppsala ... und rülpsen und lachen. Wir geben dem Kalb Weißbier, dann spürt es nicht, wie der Hecht ihm die Füße abbeißt."

„Ich bin gleich beleidigt, wenn ihr in eurer komischen Sprache weiterredet, dann könnt ihr selber sehen, wie ihr durch die Milchstraße kommt", sagte der Hecht. Seine ewige gute Laune schien wirklich verdorben. „Ach nein, lieber Herr Hecht", sagte Gianina und machte dabei ihre Stimme so zuckersüß, „du kannst dem Mondkalb gleich die Füße abbeißen, wir wollen ihm nur schnell noch was zu trinken geben."

Und während der Lügen-Hecht gierig um die Mondkalbsfüße herumscharwenzelte, gossen Gianina und Philip dem Kalb eins, zwei, drei, vier Flaschen Weißbier in den Hals, welche das zutrauliche Mondkalb auch ohne jede Widerrede schluckte. Wahrscheinlich dachte es, danach käme die Milch. Der Lügen-Hecht war so gierig, dass er sich nicht mehr beherrschen konnte und biss, sozusagen zur Probe, dem Mondkalb ins Bein. Das Mondkalb rülpste, sagte: „Oppsala!" Es grinste ein bisschen ... weh tat es ihm offenbar nicht. „Auf die Plätze, fertig, los!", schrie Paddy dem Hecht zu. Und der schnappte so schnell, dass man sich nur wundern konnte, nach den Füßen des Mondkalbes, ein, zwei, drei, vier ... waren sie abgebissen und das Mondkalb hatte nichts gespürt, hatte nur viermal gerülpst und viermal Oppsala gesagt und viermal ein bisschen gegrinst. Der Hecht schleckte sich sein Lügenmaul, und rief: „Achtung ... es geht los. Ich schmelze die Milchstraße. Ihr zwei", er zeigte auf Gianina und Paddy, „klappt hinter uns die Kühlschranktür auf und zu, ganz schnell, damit die eiskalte Luft alles wieder erstarren lässt, was ich hier vorne zum Schmelzen gebracht habe. Passt bloß auf, denn wenn ihr zu langsam seid und die Tür nicht schnell genug auf und zu klappt, dann packen uns die Ungeheuer! Festhalten ... ich fange an!"

Wirklich zischte jetzt aus dem geöffneten Maul des Lügen-Hechtes eine blaue Flamme. Die Milchglas Spiegel wurden heiß und heißer, jetzt fing das Glas an zu zittern, dann liefen die ersten Tropfen flüssiges Glas über die Spiegel und schon schmolz der Hecht tatsächlich so etwas wie einen Tunnel in das Glas. Er drehte sich um, winkte den Vieren zu, sie sollten ihm folgen. Drinnen sah es aus wie im Inneren eines Vulkans, rotglühend tropfte das geschmolzene Glas von den Wänden, spritzte auf die kühleren Spiegel dahinter, die noch nicht vom Feueratem des Lügen-Hechtes erhitzt waren, und sobald die flüssige Glasschmelze auf kältere Spiegel traf, erstarrte sie sofort wieder, bildete Kristalltropfen, die klirrend gegen die Regentonne sprangen. Tiefer schmolzen sie sich in die Milchstraße hinein, jetzt erkannten sie die Ungeheuer, die im Glas erstarrt und gefangen waren seit Milliarden von Jahren. Unter ihren Füssen klafften die aufgerissenen Mäuler von Riesenechsen. Neben ihnen streckte ihnen ein blinder Maulwurf seine scharfen Grabklauen entgegen. Es gab feuerrote Ohrwürmer, die nichts lieber getan hatten, als sich in ihre Ohren zu bohren, weiße Haie und grüne Haie und Katzenhaie, ganze Schulklassen wilder Kerle. An diesen schaurigen Gestalten schmolz das Glas herunter, während sie mit ihrem Hinterteil noch im starren kalten Glas feststeckten, schnappten ihre Mäuler und ihre Grabklauen schon nach den Vieren und die Skorpione klappten ihren Stachel nach vorn. „Beeilt euch bloß mit der Kühlschranktür", schrie der Lügen-Hecht. Gianina und Paddy wedelten so schnell sie konnten mit der Tür, eisiger Hauch quoll aus dem Kühlschrank. Dort wo er hinkam, wurde das flüssige Glas sofort wieder hart, die Mäuler schnappten nicht zu und die Grabklauen erwischten sie nicht und die Stachel der Skorpione blieben stecken und die riesigen Giftspinnen steckten in gläsernen Netzen fest und konnten ihre haarigen Beine nicht um die Vier schlingen.

Als sie sich schon fast durch die ganze Milchstraße hindurch geschmolzen hatten, tauchte ein Einhorn auf. Es war ein winziges weißes Einhorn ... ich meine: Richtig winzig war es nicht, es war vielleicht so groß wie ein mitteldicker Dackel.

Das rotglühende Glas floss über sein weißes Fell, mitten aus der Stirn wuchs ihm ein einziges Horn heraus, gedreht wie ein Schneckenhaus. Außerdem trug es eine Zahnspange, mit der schnackelte es. Warum es eine Zahnspange hat? Na … seine Vorderzähne gucken ziemlich hervor und wenn es den Mund zu macht und die Unterlippe ein kleines Stück in den Mund saugt, dann gucken die beiden Vorderzähne noch mehr raus. Wie bei einem Hasen. Ich meine … das sieht ja ziemlich nett aus, wenn man ein Hase ist, aber ein Einhorn soll wie ein Einhorn aussehen und nicht wie ein Hase und deswegen hat es eben seine Zahnspange. Das kleine weiße Einhorn hüpfte näher, schnackelte mit seiner Zahnspange und schleckte zärtlich über Julies Backen. Vielleicht begrüßen die Einhörner sich so, ich weiß es nicht. Jedenfalls vergaßen Gianina und Paddy für einen Augenblick ihre Kühlschranktür und wollten das kleine weiße Einhorn streicheln und das Einhorn schleckte ihnen die Backen ab. Überhaupt schien es ein ganz zutrauliches Wesen zu sein. Während sie noch beratschlagten, ob sie es mit nach Hause nehmen sollten, waren sie schon durch die Milchstraße, die hinter ihnen erstarrte und sie sahen sich selber im Spiegel und dahinter die im Glas gefangenen Ungeheuer. „Mensch, Paddy", rief Gianina auf ellwangerisch, „du musst doch den Hecht filmen und in deine Videokamera hineinsaugen."

„Oo, oohhh", sagte Paddy staubtrocken wie immer, hielt die Videokamera vor seine zerkratzte Brille und ehe der Schlauberger Lügen-Hecht es sich versah, war er, mit einem Geräusch als wenn man einen Staubsauger in Kartoffelbrei hält, in die Kamera hineingesaugt. Paddy drückte auf den Knopf für „schnelles Zurückspulen" und sie hörten den Lügen-Hecht jammern und wimmern und dann hörte er auf zu jammern und kotzte. Paddy drückte noch immer auf „schnelles Zurückspulen" bis sie hörten, wie die Füße des Kalbs gegen die Innenwand der Kamera geschleudert wurden, Paddy machte die Kamera auf, griff schnell hinein, so geschickt, als würde er jeden Tag Kalbsfüße aus Videokameras klauben, winkte dem Lügen-Hecht und dem Monopteros und dem warzigen Apotheker zu, die, grün im Gesicht, auf dem Boden der Kamera lagen, und gab Gianina die Kalbsfüße. Gianina nahm sie, hielt sie an die Beinstümpfe des Kalbes ... man muss aufpassen, dass man ihm nicht die Vorderfüße hinten dranklebt ..., schmierte Nutella drauf und klebte die Füße des Mondkalbs wieder an. „Oppsala!", rülpste das Mondkalb viermal und hatte nicht mal bemerkt, dass seine Füße irgendwann einmal abgebissen waren. Sie hielten wie neu.

JETZT IST DIE GESCHICHTE BALD AUS ... ABER JULIE HAT NOCH IMMER KEINE H-MILCH

„Flaschel! Milch!", heulte Julie jetzt wieder los.

„Wir haben keine. Mein Gott seid ihr dämlich. Jetzt waren wir in der Milchstraße und ihr vergesst die H-Milch", stellte Philip fest. Die großen Drei schauten ratlos auf die brüllende Julie. Zurück in die Milchstraße konnten sie nicht. Der Hecht lag grün und kotzend in der Kamera. Selbst wenn sie ihn dort rausgeholt hätten, wäre er sicherlich kein zweites Mal auf den Trick mit den Kälberfüßen reingefallen und hätte verlangt, dass er ihre Zehen abbeißen dürfte. Waren sie etwa den ganzen Sonntagvormittag für nichts im Weltraum herumgegondelt? „Flaschel! Milch!", heulte Julie und die drei Großen hätten jetzt am liebsten mitgeheult. Das Mondkalb machte Oppsala und das kleine weiße Einhorn schnackelte fröhlich mit seiner Zahnspange und kramte neugierig in der Regentonne herum. Einhörner sind, müsst ihr wissen, die neugierigsten Wesen des Weltalls. Wenn ein Einhorn eine Regentonne sieht, muss es unbedingt hineinklettern und nachschauen, was es in der Regentonne außer Regen sonst noch alles gibt.

„Flaschel! Milch!", heulte Julie und das Einhorn zerrte den Pinguin aus der Regentonne und zeigte den Vieren, was es da Tolles gefunden hatte, aber den Pinguin kannten die Vier schon. „Flaschel! Milch!", heulte Julie, und das Einhorn zerrte nacheinander die halbleeren Gummibärchentüten und alles andere aus der Regentonne, was sich im Lauf des Sonntagvormittags dort angesammelt hatte und wollte jedes Mal gelobt und gestreichelt werden, wenn es wieder ein neues Stück entdeckt hatte. Zum Schluss tauchte das kleine weiße Einhorn von ganz tief unten aus der Regentonne noch einmal auf und in seiner Zahnspange baumelte ...? Na, was wird dort wohl baumeln, ... ich meine, ihr wisst ja inzwischen wie es in dieser Geschichte zugeht. Deshalb wisst ihr auch, dass jedes Mal, wenn die Geschichte so kompliziert wird, dass ich selber nicht mehr weiß, wo sie weitergehen könnte und wie die Vier endlich an ihre H-Milch kommen, dann kommt garantiert ein warziger wilder Kerl oder ein Mondkalb um die Ecke geschossen, oder eine mongolische Reiterin. Und wenn die alle schon aufgetreten und wieder verschwunden sind, dann erscheint zur Abwechslung mal ein kleines weißes Einhorn ... in dessen Zahnspange nur eine einzige Sache baumeln kann: Eine Tüte H-Milch. Wie war die dämliche H-Milchtüte da hingekommen? Ganz einfach war die da hingekommen. Als sie das letzte Mal vom Aldi gekommen waren, hatte Mutter eine Tüte H-Milch in der Hand gehabt, und weil sie mal wieder den Haustürschlüssel suchte, hatte sie die H-Milchtüte auf dem Rand der Regentonne abgestellt und sie dort vergessen, und Martina und die Vier und alle hatten sie die H-Milchtüte dort vergessen und als in der Nacht der Regen kam, spülte dieser die H-Milchtüte in die Regentonne. So war die H-Milchtüte in die Regentonne gekommen und so war sie, versteckt unter Julies Windeln, und allem Kram, den sie eingepackt hatten, mit den Vieren durch den ganzen Weltraum geflogen und jetzt baumelte sie friedlich in der Zahnspange des freundlichen neugierigen Einhorns. „Ah!", gluckste Julie … und …

„Ah!", stöhnten die drei Großen … ich meine nach all ihren anstrengenden Abenteuern lag die H-Milchtüte auf dem Boden der Regentonne und sie hätten genauso gut unten bleiben können.

EINE GELBE SAUBOHNE UND EIN
BAUCHKLATSCHER IN DEN FERINGASEE

„Ah!", jauchzte Julie, als sie die H-Milch-Tüte sah, „ah! Flaschel! Milch!"

„Warte, Julie, ich gieß dir die Milch in deine Flasche!", sagte Gianina. Einen Augenblick später saß Julie auf dem Boden der Regentonne und nuckelte an ihrer Milch und schaute ziemlich zufrieden aus ... ich meine für so einen Stinksonntagmorgen.

Die großen Drei hatten einen riesen Hunger. Paddy hatte den ganzen Weltraum abgefilmt und keine Lust mehr, Philips Beine knacksten und waren ganz steif vom MondkalbReiten und Gianina dachte daran, dass Mutter und Vater inzwischen richtig Angst um sie gekriegt hätten, und dass dort unten wahrscheinlich schon die Polizei nach ihnen suchte. Sie setzten sich alle eng zusammen auf den Boden der Regentonne. Das graue Fell des Mondkalbs und das weiße Fell des Einhorns wärmten ein bisschen. „Habt ihr eine Ahnung, wie wir wieder runterkommen?", fragte Gianina das Mondkalb und das Einhorn auf feringaisch.

Die beiden schüttelten die Köpfe. Sie wussten es nicht. Außerdem war auch für das Mondkalb und das Einhorn die Zeit gekommen ... sie durften nicht mit den Vieren auf die Erde, sie mussten für immer hier oben bleiben. „Ich will sowieso nicht auf die Erde", sagte das Einhorn und schnackelte traurig mit seiner Zahnspange. „Sie würden mich ja doch nur in einen Zoo sperren, irgendwo zwischen die schwitzenden Eisbären und die traurigen Elefanten. Die Kinder würden ihre Eltern fragen: Schau mal, Papi, was ist das für ein komisches Tier mit einem Horn? Und Papi würde sagen: Ach, das ist wahrscheinlich nur eine kleine Kuh, welcher das zweite Horn abgebrochen ist, ein bisschen klein ist das arme Tier ja ... komm gib ihm ein Stück von deinem Wurstbrot ab. Und ich würde Wurstbrot und Erdnüsse und Apfelbutzen bekommen und die Leute würden sich wundern, warum ich nie größer werde trotz der vielen feinen Sachen. Nein, auf die Erde will ich nicht."

Das Mondkalb nickte zustimmend. Wenn es seine Stimmbänder noch gehabt hätte, hätte es gesagt, dass es auch nicht auf die Erde wollte. Dort unten hätten sie es nicht mal in einen Zoo, sondern in irgendeinen Dorfstall gesperrt, und die anderen Kälber würden es auslachen, weil es nicht muhen konnte und seine Milch nicht weiß, sondern grau war. Nein, auch das Mondkalb wollte nicht auf die Erde.

Wie die Vier mit den Tieren noch beratschlagten, da begann das Einhorn schon Abschied zu nehmen ... unmerklich schrumpelte es zusammen. Gianina hatte ihren Arm um den weichen Hals des Einhorns gelegt und streichelte es, und plötzlich merkte sie, dass sie mit dem Arm ganz um den Hals des Einhorns herumfassen konnte, jetzt konnte sie es schon auf den Schoß nehmen, es war kaum noch größer als ihre Puppe. „Halt!", schrien Gianina und Philip, „halt! Bleibt doch noch. Wir müssen doch noch, wir müssen doch noch ...", aber in der Eile fiel ihnen einfach nicht mehr ein, was sie noch mussten. „Da fällt mir was ein", sagte das Einhorn, seine Stimme klang schon ganz winzig, „gerade fällt mir was ein. Hier habe ich die allerletzte von den berühmten gelben Saubohnen. Meine Großmutter hat sie mir vererbt. Sie hat gesagt, irgendwann einmal könnte ich sie vielleicht brauchen." Die drei schauten sich verwundert an. Was sollten sie mit einer gelben Saubohne?

„Meine Großmutter hat gesagt: Wenn du einmal in Not kommst, dann sag dem Mondkalb, es soll den Mund aufmachen und leg ihm die gelbe Saubohne in den Mund. Es darf die Bohne aber nicht herunterschlucken, ja nicht! Meine Großmutter hat mir nicht gesagt, was dann passiert, aber sie war ein wunderbares Einhorn ... probiert es aus!" Während das Einhorn das sagte, schrumpfte es unaufhaltsam weiter, plötzlich war es verschwunden. „Oh, oh!", machte Paddy. „es ist weg." „Gib her", sagte Philip, nahm die gelbe Saubohne und steckte sie dem Mondkalb in den Mund. „Nicht runterschlucken, hörst du? Schön im Mund behalten", kommandierte er. Da saßen die Vier in ihrer Regentonne im kalten Weltraum, hatten noch immer kein Frühstück, waren müde und wollten nach Hause. Sie starrten auf das Mondkalb, welches die gelbe Saubohne nicht runterschlucken durfte und hofften, irgendein Wunder würde geschehen, das sie endlich wieder zu Mami und Papi heimbringen würde. „Mami! Papi!", schrien sie, aber ihre praktisch elternlosen Stimmen verloren sich zwischen den Sonnen und Sternen, den Monden und den Spiegeln der Milchstraße.

„Mami! Papi!", schrien sie immer verzweifelter. Auch die gelbe Saubohne schien nicht zu helfen. Doch plötzlich sahen sie, wie sich ein dünner grüner Stängel mit ein paar Blättern dran aus der Nase des Mondkalbs ringelte. Der Stängel wurde größer, ein zweiter Stängel wuchs aus dem anderen Nasenloch des Mondkalbs heraus, jetzt wuchsen ihm aus allen Körperöffnungen Saubohnenstängel ... aus den Augen, der Nase, dem Mund, den Ohren, ja sogar hinten kam ein Saubohnenstängel herausgeringelt. Bald konnte man das Mondkalb gar nicht mehr erkennen, es war ganz verschwunden unter einer gewaltigen Saubohnenstaude. Die Saubohne hörte nicht auf, zu wachsen, sie wuchs unglaublich schnell über den Rand der Regentonne

hinaus, bald sah man die Spitze des dicksten Stängels, der in der Mitte wuchs, nicht mehr, er ringelte und ringelte sich hinaus in den Weltraum, seitlich wuchsen kleine Stängel heraus, die aussahen wie eine Leiter.

„Wir steigen die Leiter runter", sagte Philip, der sich nie vor etwas fürchtet. „Aber wir wissen doch gar nicht, wohin die Bohne wächst?", antwortete Gianina besorgt. „Vielleicht wächst sie zurück zur Milchstraße, oder zum Mond und den wilden grauen Kerlen?" „Ach was", winkte Philip ab, „wir probieren es. Gehen wir." Ich glaube, Philip weiß nicht mal, wie Angst sich anfühlt.

„Oh, oh", machte Paddy, drehte seine Mütze herum, so dass der Schirm nach hinten guckte und stieg als erster in die Saubohnen-Leiter, Gianina nahm Julie an die Hand und Philip kam als Letzter, er sollte aufpassen, wenn einer sich nicht richtig festhielt oder so. „Machs gut, Mondkalb", rief Gianina noch, „und danke!" Aber sie konnten das Mondkalb schon lange nicht mehr sehen, es war ganz versteckt in den Wurzeln und Blättern und Stängeln der Bohne. Dann kletterten die Vier die Bohne hinauf oder hinunter … das wussten sie nicht, im Weltraum ist das schwierig zu unterscheiden, weil da überall unten und überall oben ist.

In der Ferne sahen sie die Himmelskörper, die sie jetzt schon ganz gut kannten die roten und die gletscherblauen, die diamantdurchsichtigen, die riesigen Glasmurmeln und Rubine. Ihre Hände waren klamm vor Kälte und es wurde immer schwieriger sich festzuhalten, sie hatten Angst und noch immer kein Frühstück und Julie wimmerte: „Mami!"

Am Ende haben sie sich an der Spitze des Bohnenstängels festgehalten, dort wo dieser ganz dünn und biegsam ist und der Stängel hing zufällig genau über dem Feringasee. Papi ist auf seiner Luftmatratze wild im See herumgepaddelt, hat mit den Armen gefuchtelt und gezeigt, wohin sie springen sollen, damit sie nicht im tiefen See oder mitten in den Grillwürstchen und dem Krautsalat landen.

Mit einem gewaltigen Pflatsch sind sie dann genau auf der Luftmatratze gelandet, die Hechte haben den Kopf aus dem blauen Feringasee herausgestreckt und sich gewundert, wer da am Sonntagmorgen so herumspritzt. Aber Paddy hat nur „oh, oooh" gemacht und gesagt: „Da sind wir wieder!" ... und hat sich seine zerkratzte Brille trockengerieben.

TINA ANNE MEADOWS

Geboren 1967 in Großbritannien
Mutter von 4 Kindern,
arbeitet als Erzieherin
und lebt mit ihrem Mann
im Süden von München.